सतरंगी

सतरंगी

कविता संग्रह

राजीव मोहन सिन्हा

KALPAZ

सतरंगी : कविता संग्रह

ISBN : 978-93-5128-068-2

मूल्य : रू. 120

भारत में सन् 2014 में प्रकाशित

कल्पाज़ पब्लिकेशन्स
सी-30, सत्यवती नगर
दिल्ली-110052

Phone : 9212142040
ई-मेल : kalpaz@hotmail.com

शब्द संयोजक : जी. आर. कम्प्यूटर्स, दिल्ली
मुद्रित : जी. प्रिंट प्रोसैस, दिल्ली

अनुक्रम

प्रस्तावना

कविता लिखने का मेरा साधारण प्रयास है। इन कविताओं में जीवन के रंग, उमंग, सच्चाई, हास्य–व्यंग्य, भ्रष्टाचार एवं समाज में नारी की स्थिति का सम्मिश्रण है। आज का समाज, युवाओं में बढ़ता असंतोष, जनता के प्रति सरकार की उदासीनता, भ्रष्टाचार एवं नारी की स्थिति का चित्रण कविताओं के माध्यम से किया गया है। इन कविताओं को रचने में मेरे परिवार का महत्वपूर्ण योगदान रहा है। पहाड़, नदी एवं वन से घिरा स्थान जहाँ मैं रहता हूँ, एक उत्प्रेरक का कार्य किया है। जो विचार मेरे मन में उमड़–घुमड़ रहे थे उसे मैंने कागज पर कलमरूपी तूलिका से चित्रित किया है। अगर मेरी रचनाओं से समाज, युवाओं एवं नारी की स्थिति में रंचमात्र का सुधार हो पाता है तो मैं समझूँगा कि मेरा प्रयास सार्थक है।

25 दिसम्बर 2013

राजीव मोहन सिन्हा
बी/358, विद्या इनक्लेव
आल्टो पोरवोरिम
गोआ–403521

1

ईश्वर की खोज

सत्ययुग में तुम दिखते थे
त्रेता में मर्यादा की रक्षा करते थे
द्वापर में लीला में लीन हो गये
कलियुग में विलीन हो गये

अर्जुन के लिए ब्राह्मण भेष धरे थे
दानवीर कर्ण के द्वार पर खड़े थे
कवच–कुंडल का दान तुमने लिया था
एक वार के लिए एकध्वनि दिया था।

सुदामा से एक मुट्ठी चावल लिया था
बदले में उन्हें सारा जग दिया था
तुम जब भी धरा पर आते हो
मानवता का कल्याण कर जाते हो

तुम तो कण–कण में विद्यमान हो
इस धरती पर तुम्हारा गुणगान हो
तुम सिर्फ सत्पुरूष में बसना
शैतानों के मोहजाल में नहीं फँसना

मैं दर्शन के लिए पागल हूँ
तुम्हारे याद में घायल हूँ
तुमसे मिलने की बड़ी चाह है
सच्ची भक्ति के अतिरिक्त कोई राह है?

तुम मंदिर–मस्जिद में बसते हो
भक्त तुम्हें देखने को तरसते हैं
दिखाओ कोई आसान सा रास्ता
जहाँ नहीं पड़े कठिनाइयों से वास्ता

दिखा दो एकबार विराट रूप का दर्शन
कर दूँगा अपने चक्षु का अर्पण
आत्मा में अमृत का संचार होगा
चारों दिशाओं में तुम्हारा जय–जयकार होगा

पानी में डूबते समय एक ही इच्छा
किसी तरह हो श्वास की रक्षा
उस श्वास को तुझ पर करूं अर्पण
भगवन् अब तो दे दो दर्शन

वन–वन में तुम्हारी खोज में भटकता हूँ
मन ही मन तुम्हें जपता हूँ
चैन तभी मुझे मिल पायेगा
तुम्हारी धुँधली सी आकृति दिख जायेगा

मैं नहीं हूँ भक्त भारी
मैं हूँ मानवता का पुजारी
दर्शन के अतिरिक्त नहीं है कोई इच्छा
भगवन् अब नहीं लो और अधिक परीक्षा

❊ ❊ ❊

2

सत्यार्थी

सत्यार्थी की सिर्फ एक ही चाह है
सत्य को नग्न देखने की क्या राह है?
क्या वह सत्य को नग्न देख पायेगा?
असत्य का चोला उतार फेंक पायेगा

इतनी रात तक क्यों जागते हो?
सत्य के पीछे क्यों भागते हो?
चलो मीठी नींद में सो जाओ
सुनहरे सपनों में खो जाओ

सभी बच्चों से अलग था
उसमें देवदूत का झलक था
चाँदनी में आकाश देखने की इच्छा थी
पता नहीं, उसे किसकी प्रतीक्षा थी?

मित्रों ने रंगशाला में चलने का किया अनुरोध
नाच–गान का उसने किया विरोध
सुरा–सुन्दरियों का संग होगा
क्या वहाँ सत्य नग्न होगा?

समय का चक्र तेजी से घूम रहा था
बुढ़ापा उसे सचमुच चूम रहा था
बालों में थी चाँदी की चमक
चेहरे पर भी झूरियों की धमक

चाँदनी से आच्छादित था आकाश
उसमें खोया था सत्य प्रकाश
उसी क्षण सत्य की देवी आ गई
उसके मन–मस्तिष्क पर छा गई

देवी आपकी ही प्रतीक्षा थी
सत्य को नग्न देखने की इच्छा थी
नग्न सत्य देखने की जिद छोड़ो
मानवता के कल्याण हेतु मुँख मोड़ो

अगर सत्य को नग्न देखने की इच्छा है
तो सचमुच तुम्हारी परीक्षा है
तुम्हें मेरे साथ आना होगा
बादलों के पार जाना होगा

पूर्णिमा की रात देवी आ गई
आँखों में चका–चौंध सी छा गई
हाथ पकड़ आकाश में उड़ चली
अंतरिक्ष के किसी रास्ते मुड़ चली

चाँद–तारे पीछे छूटते गए
चाँदनी भी उनसे रूठते गए
अंधकार में देवी का सहारा था
नग्न सत्य के सिवा कुछ नहीं गवारा था

सामने था बादलों का पहाड़
चारों ओर अथाह शांति का संसार
सत्य का निवास स्थान भा गया
सादगी उसकी आँखों में छा गया

देवी बादलों के पहाड़ पर उतर पड़ी
सात पर्दों में सत्य थी खड़ी
देवी ने उसे किया ईशारा
सत्यार्थी सत्य का एक पर्दा उतारा

प्रत्येक पूर्णिमा को देवी आती
साथ बादलों के पहाड़ ले जाती
हर बार सत्य का एक पर्दा कम जाता
सत्यार्थी धवल प्रकाश से सहम जाता

आज सत्य का अंतिम पर्दा हटाना था
सत्य को नग्न देख पाना था
सत्यार्थी मन ही मन डर गया था
उसकी नजर पर्दा पर ठहर गया था

अब भी वक्त है जिद छोड़ो
बुढ़ापा छोड़ यौवन की ओर मुँख मोड़ो
माता–पिता, प्रेयसी का संग मिल जायेगा
जीवन फिर पहले जैसा खिल जायेगा

सत्यार्थी 'नग्न सत्य देखने का जिद नहीं छोड़ा
काँपते हाथों अंतिम पर्दा को मोड़ा
एक तेज चमक आँखों में समा गई
आँखों की ज्योति को जमा गई

सत्यार्थी फूट–फूट कर रोने लगा
आँसुओं से बादलों को धोने लगा
आत्मा को शरीर से अलग कर पाओगे
नग्न सत्य का दिव्य झलक पाओगे

हो पूर्णिमा की खिली चाँदनी रात
कोई पहुँचे बादलों के पहाड़ के पास
सत्य के अंतिम पर्दा के निकट जाओगे
सत्यार्थी के रोने की आवाज सुन पाओगे

❋❋❋

3

नारी शक्ति

आँखें देवी दुर्गा सी लाल हो
गले में माँ काली सा मूण्डमाल हो
बिना भीम, दुर्योधन की जंघा तोड़ दो
स्वयं दुःशासन की भुजाएँ मड़ोड दो

किसी भी युग में सीता की तरह
अग्नि परीक्षा ना देनी पड़े
मीराबाई की तरह
विष ना पीना पड़े

दहेज की बलिवेदी पर नहीं कभी चढ़ना
विरोध में न्याय की मंदिर की ओर बढ़ना
कठिनाईयाँ कितना भी आयें तुम नहीं टूटना
आत्महत्या कर जिन्दगी से नहीं रूठना

सती बनने के लिए चिता पर नही चढ़ना
चाहे छूट जाये बन्धु–बांधव अपना
सावित्री सा अटल रहना
अन्याय कभी भी नहीं सहना

दुष्कर्म में लिप्त लोग लाखों मिलेंगे
जो तुमसे सही पथ छीन लेंगे
पथ की पहचान ठीक से करना है
शैतानों से कभी नहीं डरना है

मखमली पंख लगाकार नभ में विचरण करना है
देश की रक्षा के लिए मरना है
कोई तुमपर बुरी नजर डाले तो
तुम्हें पद्‌मिनी नहीं, लक्ष्मीबाई बनना है

अगर इस समाज में सम्मान से जीना है
हर कदम पर जहर का घूँट नहीं पीना है
कोठे पर पहुँचा जिसने तुम्हारी अस्मत छीना है
वैसे लोगों का साथ नहीं देना है

तुम यह नहीं समझना
कि दुनियां पर बोझ हो
तुम तो इस धरा पर
ईश्वर की खोज हो

❊❊❊

4

बवंडर

नदी के डूबते किनारे
आसमान से टूटते तारे
बादलों का घना काला संसार
तेज बवंडर से उठता गुबार

रेगिस्तान के गर्भ रेत
गर्मी से सूखते खेत
अमावस की काली रात
मेघों से ढका आकाश

पानी का बढ़ता सैलाब
जंगल में फैलता आग
शहर में कुकरमुत्ते सा मकान
उसमें खोया है इंसान

जिन्दगी जीना एक सजा
सम्बन्ध में नहीं है मजा
बहार नहीं है सिर्फ फिजा
मुर्दा से भी कोई रिझा

बाढ़ में जलमग्न गाँव
डूबता हुआ जीवन की नाव
कटे पेड़ों की छाँव
महँगाई का पसरता पाँव

भीगी लकड़ी की आग
सूखे पत्ते पर चलता नाग
टूटे हुए साज का राग
दरख्त पर चुपचाप बैठा काग

नहीं खत्म होनेवाला काम
थका को नहीं है आराम
शहरों का सुबह–शाम का जाम
मेहनतकश को नहीं मिलता नाम

बच्चों के चेहरे पर नहीं है मुसकान
दवा–दूध पर बढ़ता दाम
खर्च से हाथ होता तंग
कठिनाइयों ने पिलाया भंग

आत्महत्या करते किसान
पलायन से गाँव होता वीरान
आबादी से घुटता शहर
सम्बन्ध टूटते इसलिए पीते जहर

आवश्यक वस्तुओं का अभाव
चढ़ते दामों का प्रभाव
समानों की है कालाबाजारी
ट्रेनों में चढ़ने की मारामारी

कर्फ्यू में निकलना है बैन
मदिरालय में टूटता है चैन
घर में नहीं है रैन
सपनों से बोझिल हैं नैन

❋❋❋

5

जीवन की सच्चाई

धूप से नहीं चाँदनी से जला हूँ
काँटों से नहीं फूलों से कटा हूँ
गैर से नहीं अपनों से छला हूँ
जिन्दगी से नहीं मौत से पला हूँ

सागर से नहीं प्याले से भरा हूँ
पहाड़ पर नहीं समतल से चढ़ा हूँ
जंगल से नहीं शहर से खोया हूँ
पतन से नहीं उत्थान से रोया हूँ

शैतान से नहीं इंसान से डरा हूँ
कब्रिस्तान से नहीं बियाबान से गड़ा हूँ
निराशा से नहीं आशा से परेशान हूँ
नरक से नहीं स्वर्ग से हैरान हूँ

खेत से नहीं रेगिस्तान से आबाद हूँ
दुश्मनों से नहीं दोस्तों से बरबाद हूँ
हकीकत से नहीं सपनों से दो चार हूँ
सूखा से नहीं पानी से बेज़ार हूँ

अमृत से नहीं हलाहल से तृप्त हूँ
सुकर्म से नहीं दुष्कर्म से लिप्त हूँ
अज्ञान से नहीं ज्ञान से रिक्त हूँ
मौत से नहीं जिन्दगी से विरक्त हूँ

6

अहसास

भरी दोपहरी मैं निकल पड़ा
पथ पर मैं चपल चला
राह की पहचान नहीं
किस रास्ते चला ज्ञान नहीं

नजरों के सामने खड़ी थी
मानो लड़की नहीं परी थी
देखकर मैं ठिठक गया
सारा शरीर सिहर गया

राह उसने रोक लिया
मेरे मन को टोक दिया
तिरछी नजरों से ताका
मन की गहराई में झाँका

उसकी सोने जैसी काया
मेरे मन को भरमाया
चेहरे पर थी एक मुसकान
नहीं रहा शरीर में प्राण

काली केशों पर सुनहरी चमक
चेहरे पर नूर सी दमक
सारी दुनिया वहीं सिमट गया
लगा जीवन ही निपट गया

कुछ भी नहीं बोल सका
मन को न तोल सका
जिह्वा साथ छोड़ दिया
शब्दों की दिशा मोड़ गया

जेठ की गर्म बयार
बन गई ओस की फुहार
यह सच था या सपना
ठहर गया था जीवन अपना

छवि आत्मा में छा गई
मेरे मन को भा गई
अंतरमन को छेड़ गई
जाने क्या जादू फेर गई

समय मानो ठहर गया
ऐसा लगा एक पहर गया
पल में वह चली गई
ना जाने किस गली गई

क्षण में साथ छूट गया
सारी सम्पदा लुट गया
उसकी छवि हो गई अंकित
डर है जीवन ना हो कलंकित

क्या वह कोई परी थी?
सचमुच वह स्वर्णिम घड़ी थी
मन की धारा को मोड़ गई
बचपन के विश्वास को जोड़ गई

❊❊❊

7

टूटते सम्बन्ध

जीवन में कुछ क्यों नहीं किया?
अपनों के साथ क्यों नहीं जिया?
अगर साथ मिल जाता अपनों का
जीवन पूरा हो जाता सपनों का

किसको अपनी मन की व्यथा कहूँ
बैठ किनारे क्या कथा गहूँ
अपनों से मिलने का मन होता है
लेकिन अहम् ने मुझको रोका है

सम्बन्ध एक बार टूट जाता है
फिर उस तरह नहीं जुड़ पाता है
अकेलापन ने मुझको घेरा है
अपनों ने ही साथ छोड़ा है

मन में सदा एक प्यास है
अपनों से मिलने की आस है
जो छूट गए कहाँ जायेंगे
जुड़ते नहीं जुड़ पायेंगे

नदियों से किनारा छूटते गए
सम्बन्ध समय के साथ टूटते गए
बीच मँझधार में नैया मेरी
क्यों नहीं मिटती ऐसी दूरी?

एक बार लौट आयेगा फिर बचपन
गले में बाँहें डाले फिरते थे हरदम
फिक्र नहीं था अगले पल का
आगे क्या होगा जीवन कल का

रेत की तरह सम्बन्ध फिसल गया
मन हमेशा के लिए विकल हो गया
समय मरहम बनकर आयेगा
नासूर पर छा जायेगा

मन में कसक हर समय उठता है
मेरा रग–रग अब भी दुखता है
अगर सम्बन्ध बहार बनकर आती है
जीवन में हरियाली छा जाती है

इस जग में क्या है मेरा
निराशा ने मुझको घेरा
कैसे उन्हें भुला पाऊँगा
सम्बन्ध फिर से नया बनाऊँगा

जब भी चिंतन करता हूँ
मन ही मन सदैव डरता हूँ
जीवन जीने में रास नहीं आयेगा
जब अपनों का साथ छूट जायेगा

❊ ❊ ❊

8

तुम कौन हो?

जैसे ही मैंने सर उठाया
दरवाजे पर किसी को खड़ा पाया
मैंने पूछा तुम कौन हो?
इस तरह क्यों मौन हो?

आज मैं पूरी तरह स्वस्थ नहीं
इसलिए सुबह-सुबह व्यस्त नहीं
मुझे चिकित्सक के पास जाना है
तुम्हें अपनी पहचान बताना है

देखने में तुम भले लगते हो
एकटक से मुझे क्यों तकते हो?
तुम्हें देखकर मुझे हो रही घबराहट
तुम्हारे चलने पर नहीं हो रही आहट

मुझे बार–बार पसीना क्यों आ रहा है?
तुम्हारे आने पर अंधेरा क्यों छा रहा है?
दिल तेजी से क्यों धड़क रहा है?
बायी आँख बार–बार क्यों फड़क रहा है?

उसने मुझे एकटक से देखा
तुरंत ही अपना विचार फेंका
मैं यमदूत तुम्हें लेने आया हूँ
अपने साथ मौत का फरमान लाया हूँ

इतना सुनते ही आँखों के आगे अंधेरा छा गया
कड़ाके की ठंड में भी मुझे पसीना आ गया
जल्दी मेरे साथ चलो मुझे और भी काम है
कहते हैं लोग नरक बहुत बद्नाम है

मेरे लाख समझाने पर भी यमदूत नहीं माना
मुझे दिखाता रहा मौत का परवाना
सारा मोह–माया त्याग उसके साथ हो लिया
जीवन के अंतिम सच में खो गया।

❊ ❊ ❊

9

दाँव-पेंच

बिजली बिल जमा करने हेतु लगती लंबी लाईन
समय पर जमा नहीं होने पर लगता फाईन
सड़कों पर है मोटर–गाड़ियों की मारामारी
आफ़िस लेट पहुँचने पर बॉस का सर होता भारी

शिक्षा का तो वह हाल है
चौथी पास नेता ग्रेजुएट द्वारपाल है
अस्पताल की स्थिति कैसी?
कैंसर की मरीज जैसी

वर्ष में पाँच बार बढ़ता पेट्रोल का दाम
जनता पिस रही है, सरकार क्यों नहीं लगाती लगाम?
मिट्टी का तेल गैस में आग लगा है
गरीब उसपर रोटी नहीं सेक सका है

अब तो गेहूँ चावल भी सोना हो गया है
गरीबों का जीवन भर का रोना हो गया है
गरीबों के लिए दाल रोटी भारी
सरकार के घर रोज़ मनती दिवाली

इस देश में प्रशासन से नहीं है किसी की यारी
वो तो ठहरे कट्टर व्यापारी
भूख एवं बेरोजगारी से सारा समाज परेशान है
लम्बी गाड़ियों में घूमना उनकी शान है

चारों ओर भ्रष्टाचार का बोलबाला है
जनता के मुँह से छिन रहा निवाला है
भेड़ के खाल में भेड़िये घूम रहे हैं
चापलूस प्रशासन के कदम चूम रहे हैं

जात–पात के नाम पर लोगों को बाँट रहे हैं
खुद सोने की फसल काट रहे हैं
उग्रवाद–नक्सलवाद से सारा राष्ट्र त्रस्त है
सरकार मीटिंग–पार्टियों में व्यस्त हैं

पूँजीपतियों एवं जमाखोरों की बन आई है
सरकार और वे लोग आपस में भाई–भाई हैं
दिन में साधु की तरह प्रवचन करते हैं
रात में बार की ओर कदम पड़ते हैं

सूखा एवं बाढ़ से जीना हुआ मुहाल
''मनरेगा'' से हो रहे भ्रष्टाचारी मालामाल
अगर राष्ट्र को रामराज्य बनाना है
तो व्यवस्था में आमूल परिवर्तन लाना है

❊ ❊ ❊

10

बारिश की बूँदें

पक्षियों के भीगे पंखों की फड़फड़ाहट
बादलों की गरज से बच्चों की हड़बड़ाहट
बारिश की बूँदें सुधा बनकर आती है
दरकते भूमि पर प्राण सा छा जाती है

कमल के पत्तों पर मोती रूपी छाप
सूखे खेत रूपी तवे से उड़ा भाप
बारिश की बूँदें माता बनकर आती हैं
धरा को अमृत पान कराती हैं

सावन में पछिया पवन का शोर
जंगल में नाचते–गाते मोर
बारिश की बूँदें उम्मीद बनकर आती हैं
धरती पर नया जीवन लाती हैं

पेड़ों से झांकते नये कोपलों की चमक
धरा से निकलती मिट्टी की सोंधी महक
बारिश की बूँदें सखी बनकर आती हैं
खेतों को नई दुलहन की तरह सजाती हैं

जंगल में लाती है हरियाली
फलों से लदी है कदम की डाली
बारिश की बूँदें जननी बनकर आती हैं
जग को धन–धान्य से भर जाती हैं

मेढकों का टर्रटर्राहट की आवाज
बादलों का गर्रगर्राहट की आग़ाज
बारिश की बूँदें तरंगिणी बनकर आती हैं
सारी भूमि को सींच जाती हैं

नदियों के पानी में उफान
सागर के पानी में तूफान
बारिश की बूँदें प्रलय बनकर आती हैं
जीवन भर की जमा पूँजी बहा ले जाती हैं

राधा का झूले पर झूलना
कृष्ण के इंतजार में अपनों को भूलना
बारिश की बूँदें बर्फ का फाहा बनकर आती हैं
मन की आतिश को बुझा जाती हैं

❊❊❊

11

लक्ष्य

किस पथ चलना है लक्ष्य नहीं
जीवन में कोई पक्ष नहीं
राह कठिन देख मन उदास है
सद्कर्म करने का प्यास है

मन ही मन मन्थन करता हूँ
तुम्हारा ही वंदन करता हूँ
लौट समय फिर नहीं आयेगा
जीवन यूँ ही गुजर जायेगा

समय का सद्उपयोग हो पाता
स्वयं ही संयोग बन जाता
कर्म करने की आस है
अगर मन में विश्वास है

मन में कई विचार आते हैं
अंतरमन के तार छेड़ जाते हैं
समय पल–पल बीत रहा
जीवन में नहीं कोई गीत रहा

संगी-साथी छूटते जा रहे हैं
विचारों का ताना–बाना टूटते जा रहे हैं
अगर समय शीतल जल बन आता
तो तपती रेत पर चल पाता

उम्मीद अब भी बाकी है
अब कर्म ही साक़ी है
स्वास्थ्य नहीं कोई बहाना है
किसी तरह लक्ष्य को पाना है

असंख्य तारों से आच्छादित है आकाश
लेकिन कोई तारा नहीं है पास
अंतरिक्ष में विलीन हो जाऊँगा
या ईश्वर में लीन हो जाऊँगा

***

12

त्रासदी

तुम जब भी हँसती हो
गुड़िया सी लगती हो
चेहरे पर होती प्यारी मुसकान
लगती हो परी समान

सखियों के साथ मस्त हो
गुड़िया खेलने में व्यस्त हो
खाने का भी होश नहीं
सो गई तो जोश नहीं

बुलाने पर नहीं आती हो
स्कूल कभी–कभी जाती हो
पढ़ाई का ध्यान नहीं है
अपने–पराये का भान नहीं है

रिश्तों से रहती सदा अनजान
सबों से रखती जान–पहचान
समय का नहीं रहता ध्यान
माता होती सदैव परेशान

खेतों में हिरणी सा घूमती
वर्षा की बूँदें चेहरे पर झूमती
सावन में झूले पर झूलती
दुपट्टा सदा धरा को चूमती

अब वह हो गई बड़ी
चेहरे पर लाज की लड़ी
अँगूठे से मिट्टी कुरेदते होती खड़ी
नज़रें जमीन पर होती गड़ी

माँ का देती सदैव साथ
काम में बटाती हमेशा हाथ
समय पंख लगाकर निकल गया
बचपन हाथ से फिसल गया

पिता को वर की तलाश
माता को अच्छे की आस
क्या कोई राजकुमार आयेगा?
डोली में बिठा ले जायेगा

दुलहन बन ससुराल चली
नहीं रूकती आँसुओं की लड़ी
अपनों का साथ छूटा था
परिवार से सम्बन्ध झूठा था

कमजोर कन्धों पर बच्ची का भार
आँखों में आँसुओं की अविरल धार
थकान से होती है बेजार
हे ईश्वर, यही है तेरा संसार

जीवन से सचमुच निराश थी
सच्चे पल की आस थी
क्या देव धरा पर आयेगें?
नारी को विखरने से रोक पायेंगे?

❋❋❋

13

पथिक

अमावस की घनी काली रात
पथिक छाया को लेकर साथ
ठंडी बयार से करता बात
हाथ को नहीं दिखता हाथ

निःशब्द हो गया मानो नगर
पीने को नहीं मिलेगा जहर
रात्रि का है प्रथम पहर
नदी में नहीं है एक भी लहर

राजपथ बिलकुल सुनसान है
रास्ता भी सचमुच अनजान है
रात्रि का है दूसरा पहर
राजप्रसाद के चारों ओर है नहर

अलसाये कुत्तों का जोर से भौंकना
कदम–कदम पर पहरेदारों का टोकना
अनजान राहों पर खुद को रोकना
अँधेरे में अनजाने खतरों में भोंकना

सराय में लगा है ताला
मदिरालय में दिन सा उजाला
रात्रि का है तीसरा पहर
गणिकाओं से नहीं मिलानी है नज़र

स्थिर हुआ तारों का टूटना
कठिन नहीं है किसी को लूटना
रात्रि का है अंतिम पहर
गहरी नींद में सो रहा नगर

पथिक को उजाले का इंतजार
तभी शुरू होगा नित्य व्यापार
पेड़ों पर चिड़ियों का गाना
नागरिकों का नदी की ओर जाना

करीने से सजा है बाजार
वस्त्र आभूषणों के हैं कई प्रकार
अन्न-वस्त्र की हो रही खरीदारी
वणिकों का देश के वैभव में है हिस्सेदारी

विभिन्न देशों के व्यापारी हैं आये
अपने साथ रत्न-मणिक हैं लाये
खरीदारों से बाजार भरा पड़ा है
पथिक वहाँ ठगा सा खड़ा है

स्त्री–पुरूष ने धारण किया है रेशमी वस्त्र
सैनिक लगा रहे हैं बाजार का गश्त
सोमरस पी नागरिक हो रहे मस्त
धीरे–धीरे सूर्य हो रहा अस्त

राजपथ पर टापों की आहट
नागरिकों में पसरता घबराहट
निकलेगी राजा की सवारी
राजपथ हुआ नागरिकों से खाली

पथिक को हो रही हैरानी
नागरिकों में क्यों व्याकुलता परेशानी?
क्या राजा, प्रजा का है रक्षक?
या सिर्फ अपने कुल का है संरक्षक?

❋❋❋

14

भूत वर्तमान भविष्य

कल जो वर्तमान था
आज भूत हो गया
अंतरिक्ष के विस्तार में
सदा के लिए खो गया

भविष्य की चिन्ता में
वर्तमान को खो रहे हो
छोटी–छोटी खुशियाँ को छोड़कर
अधिक की बाट जोह रहे हो

भूत से आँखें मीचो
वर्तमान को खून–पसीना से सींचो
नहीं तो वर्तमान बिखर जायेगा
मेहनत से भी नहीं सँवर पायेगा

भूत की मींठी यादों में
वर्तमान में किए वादों में
भविष्य संजीवनी बनकर आती है
जिन्दगी के अंतिम पल की थाती है

भूत के अच्छे पलों में खो रहे हो
वर्तमान के मीठे सपनों में सो रहे हो
तुम्हारे भविष्य का भगवान ही मालिक है
चारों ओर कालिख ही कालिख है

भूत का बखान करना छोड़ो
वर्तमान से नाता जोड़ो
भविष्य अपने-आप ही सुधर जायेगा
नहीं तो कुछ भी हाथ नहीं आयेगा

जो भूत का सोच, पछताता है
वह वर्तमान में कुछ नहीं कर पाता हैं
अगर कर्म से नहीं नाता है
तो भविष्य निश्चय ही चौपट हो जाता है

***

15

भाग्य

बेबसी ने मुझे इस तरह झकझोरा है
बची–खुची अंतिम उम्मीद को तोड़ा है
सुदूर क्षितिज में सूरज जलेगा
भाग्य आखिर कब तक साथ चलेगा

अब तो छाया भी साथ छोड़ा है
विश्वास का कागज़ भी कोरा है
किस्मत से सम्बन्ध जोड़ा है
उम्मीद अब भी थोड़ा है

रास्ता उबड़-खाबड़ पथरीला है
खेत भी कीचड़ से गीला है
चारों ओर बालुओं का टीला है
मेरा भाग्य सचमुच ही ढीला है

समय भी सरपट घोड़ा है
दुःखों को मेरी ओर मोड़ा है
कठिनाईयों से जीवन पूरा है
भगीरथ प्रयास भी अधूरा है

तुम्हें विश्वास दिलाता हूँ
नींद में भी नहीं देखूंगा सपना
रात की क्या बात है
दिन में भी नहीं है कोई अपना

तुफानी हवाओं का जोर है
बरसाती नदी में पानी का शोर है
ऐसे में ही आगे बढ़ना है
अंधेरों में किस्मत को पढ़ना है

स्वर्ग तलाशने की कोशिश में
तपते रेगिस्तान में सड़ा हूँ
ठंडी बयार के उम्मीद में
नरक के द्वार पर खड़ा हूँ

समझा किस्मत का ताला खुल गया
लेकिन भाग्य आँसुओं से धुल गया
सिर्फ मेहनतकश का साथ देना
मुझे भाग्य से क्या लेना

❋ ❋ ❋

16

मृत्यु भय

इस सम्बन्ध में तुम्हारा क्या है तर्क?
मुझमें एवं कीड़े–मकोड़े में क्या है फर्क?
जिन्दगी जीने से सदैव डरता हूँ
प्रतिदिन कम से कम एक बार मरता हूँ

तुम्हें अवकाश मिले तो चिंतन करना
हो सके तो मुझ पर विश्वास धरना
मुझे मृत्यु भय से कर दो वंचित
या लड़ने का साहस कर दो संचित

हर समय साथ रहता भय
डर दूर करने में ऊर्जा का होता क्षय
मुझे सिफ आयु दो दान
तभी तो बचेंगे मेरे प्राण

रात्रि में जब भी चलता हूँ
अपनी छाया से भी डरता हूँ
अंधेरे में पग होते भारी
मेरी मौत से नहीं यारी

अटारी पर चाँदनी थी खिली
देवदूत से मेरी नजर मिली
उसके हाथ थी एक डायरी
क्या उसमें लिखी थी शायरी?

देवदूत वहाँ शान्त खड़ा था
उसकी नजर मुझ पर गड़ा था
उस डायरी का क्या है काम?
क्या उसमें है मेरा भी नाम?

उसने डायरी के पन्नों को खोला
मेरी ओर मुखातिब हो बोला
इसमें तुम्हारी मृत्यु की तारीख है
देवदूत, क्या यह व्यवहारिक है?

मृत्यु भय से मुख हुआ पीला
सारे अंग-प्रत्यंक पड़ गया ढीला
कल मरनेवाला आज ही मर जायेगा
जीवन में क्या कुछ कर पायेगा?

देवदूत, मेरी एक ही है विनती
मनुष्य मृत्यु का जान लिया गिनती
तो धर्म-कर्म से मुख मोड़ेगा
मन में बसे ईश्वर की मूर्ती तोड़ेगा

❋❋❋

17

ओस

जाड़े में ओस की बूँदों का सैलाब
घास पर उसका विस्तृत फैलाव
फूल–काँटों पर मोती सी चमक
ओस की बूँद में सोंधी महक

सागर में है अनंत पानी
प्यासे के लिए बेमानी
चकवा का है अंतिम आस
ओस की बूँद की है प्यास

सूर्य की किरणों की सतरंगी छटा
आकाश में है काली घटा
गेहूँ की बालियों की जटा
ओस की बूँद से जग अटा

स्वाती नक्षत्र में खीर का अमृत में बदलना
बिजली की कड़कड़ाहट से बच्चों का दहलना
चाँद का बादलों के ओट में टहलना
ओस की बूँद का मोती में ढलना

चाँदनी रात में ओस की माया
कमल के पत्तों पर उसकी छाया
पेड़—पौधे की चमकीली काया
ओस की बूँद ने गजब ढाया

सावन की रात काली घनी
जेठ की दुपहरी में छाँव से ठनी
फागुन में सिर्फ भाँग ही छनी
ओस की बूँद पूस में हीरे की कनी

प्रभात में चिड़ियों का चहचहाना
फूलों का सुबह-सुबह खिल जाना
बुलबुल का पेड़ पर गीत गाना
ओस की बूँद का धरा पर छाना

गोपियों को स्वयं को समझाना
गोकुल की राह पर नजरें बिछाना
कृष्ण के इंतजार में विरह गाना
ओस की बूँद से शीतलता पाना

❋ ❋ ❋

18

मंथन

दे दो मुझे अमरत्व का दान
शरीर में रहे सदैव प्राण
मुझे जिन्दगी जीने दो
जीवन के सुख को पीने दो

शरीर हमेशा स्वस्थ रहे
अच्छे कर्मों में व्यस्त रहे
तुम्हारी छवि अंकित रहे
मृत्युभय से शंकित ना रहे

मुझे धन–धान्य नहीं स्वास्थ्य दो
जीवन भर तुम्हारा साथ हो
सर पर तुम्हरी छाया रहे
संदैव स्वस्थ काया रहे

दिल हमेशा धड़कता रहे
जीवन नित्य सरकता रहे
तुम्हारी कृपा बनी रहे
जीवन में तकलीफ क्यों सहें?

मन हमेशा जवान रहे
जीवन जीने में शान रहे
नब्ज लगातार फड़कती रहे
चेहरे से नूर टपकता रहे

चाहे तो छीन लो सर्वस्व मेरा
तुम्हारे चरणों पर डालूँ डेरा
एक बूँद अमृत की आस है
सिर्फ उसकी ही प्यास है

यह तुम्हारी छवि है या दर्पण
तुझे क्या करूँ मैं अर्पण?
जिन्दगी जीने में मज़ा आयेगा
तुम्हारी भक्ति का नशा छायेगा

जीवन जीना एक कठिन डगर है
मानो एक तेज भंवर है
मुझे डूबने से तुझे बचाना है
भवसागर पार लगाना है

❋❋❋

19

माता

कहाँ गया प्यारा बचपन
वो चंचल चपल लड़कपन
मन की बात नहीं मानी
तो लरजते आँखों में पानी

फिरते थे स्वर्ग की गलियों में
सोते थे फूलों की डलियों में
बेचैनी नहीं किसी पल का
खेल प्रिय था जल का

माता का आँचल छाँव था
पिता का अँगुली पाँव था
माता ने हाथ बालों पर फेरा
नींद ने तुरंत ही घेरा

निद्रा की गोद में सो गया
सपनों की दुनिया में खो गया
डरावने सपनों का पड़ा छाया
माता को सदैव निकट पाया

खुद न खाकर खिलाती थी
मीठी लोरी गाकर सुलाती थी
सारे नाज–नखरे उठाती थी
ईश्वर के आगे शीश नवाती थी

जब भी बीमार होता था
बुखार दर्द में रोता था
माता रातभर जागती थी
चिकित्सक के पास भागती थी

बार–बार पूछता वह कौन?
वह हमेशा क्यों रहता मौन?
जिसने इस दुनिया को रची
उसकी सिर्फ मूर्ति ही बची

मिट्टी से सना घर आता
माता को सदा मुसकराता पाता
गोद में उठा चूम लेती
मानो स्वर्ग ही घूम लेती

ईश्वर से दीर्घायु की दुआ माँगती
गंडे–ताबीज बाहों पर बाँधती
अपनी आयु भी देना चाहती दान
वो बचाना चाहती मेरा प्राण

बुरी नजरों से बचाती थी
पुत्र ही उसकी थाती थी
निःस्वार्थ उसका प्यार था
मानो शीतल बयार था

❋❋❋

20

प्रेयसी

प्रेयसी से सम्बन्ध क्या टूटा
मानो सारा जग ही झूठा
खुशियाँ सारी मुझसे रूठा
लगा साथ अपनों का छूटा

उसकी सुंदरता पर मैं मरता
भूलने की कोशिश भी करता
नजरे क्षितिज की ओर धरता
यमदूत भी प्राण नहीं हरता

कई विचार उभरते मेरे मन
चला जाऊँगा विरह में वन
नहीं रहा अब पहले जैसा तन
अनजान पथ है, नहीं है कोई परिजन

पानी के साथ ही उतरता निवाला
विश्वास का निकल गया दिवाला
जान का पड़ गया लाला
हालात ने सचमुच बदल डाला

इंतजार में आँखें पथरा जाती
फिर भी "वह" बाहर नहीं आती
घर में चलती तो बजता पायल
उसे क्या पता मैं होता घायल

दिल पर गम का बादल छाया
आत्महत्या का विचार मन में आया
अगर हर लूँगा स्वयं अपना प्राण
समाज सच्चाई से रहेगा सदैव अनजान

इस दुःख के पल में कौन है मेरा?
विपत्ति ने सचमुच मुझे घेरा
क्या इससे मैं उबर जाऊँगा?
एक नया सवेरा फिर पाऊँगा

नई राह का है इंतजार
पुस्तकों से करूँगा प्यार
जहन में नहीं उठेगा ज्वार
फिर से बसा लूँगा नया संसार

❋❋❋

21

धर्म

कोई मुझे समझाऐं धर्म की परिभाषा
सार बताऐं ऐसी नहीं है कोई भाषा
धर्म से जुड़ा है लोगों का आस्था
मुक्ति का मार्ग दिखाने का है रास्ता

ईश्वर खुदा एवं परमेश्वर तो है एक
हमने उन्हें परिभाषित किया है अनेक
धर्म की आड़ में ना दिखाओ दानवता
मुझसे पूछोगे तो धर्म है सिर्फ मानवता

मस्जिद है खुदा का अनमोल घर
मंदिर में शांति मिलेगी थोड़ी देर ठहर
गिरजाघर में झूठ कबूलने से नहीं डर
गुरूद्वारा सिखाता है सच्चाई के लिए मर

हज के लिए नहीं जा सके मक्का मदीना
खुदा ने इबादत का हक तो नहीं छीना
मंदिर नहीं गये तो नहीं करो मुख मलिन
अंत में ईश्वर में ही होना है विलीन

समय है लोगों के सहायता में जीवन लगाओ
स्वर्ग सा सुख धरती पर ही पाओ
लोगों से मिले प्रशंसा ना कि गाली
सारी संपदा यही रहेगा जाओगे हाथ खाली

रहो ना इतना भक्ति–भजन में लीन
द्वार से बिना सहायता पाये लौटे दीन
खुदा की नजर में अपराध है संगीन
क्षण में सारी संपदा लेंगे छीन

स्वभाव से रहो सदा दानी
धन के बाद भी ना हो अभिमानी
आँखों में रहे सच्चाई का पानी
धर्म से ना हो किसी की हानि

सभी धर्मों का करो सम्मान
किसी भी धर्म का नही हो अपमान
ना करो अपने पर गुमान
खुदा के लिए सभी है समान

मृत्यु के बाद नहीं होगा कोई अपना
पार्थिव शरीर साथ रखेंगे देखो नहीं सपना
दिवस में धरती में करेंगे सपुर्दे खाक
या अग्नि में जलाकर करेंगे राख

समझो जन्म है एक पहेली
मृत्यु यात्रा भी होगी अकेली
नहीं होगा कोई तुम्हारे पास
सत्यकर्म ही होगा तुम्हारे साथ।

❊❊❊

22

अनमोल पल

चाँदनी के रथ पर सवार
अंतरिक्ष के विस्तार से
झिलमिलाता तारा उठा लाया हूँ
अपनों के लिए

शोख लहरों पर सवार
सागर के गहराई से
अनमोल मोती लाया हूँ
अपनों के लिए

रेगिस्तान के गर्म रेत पर सवार
रेत की सुनहरे कणों से
मीठा जल लाया हूँ
अपनों के लिए

प्यार के रथ पर सवार
माँ के आँचल से
ममता समेट लाया हूँ
अपनों के लिए

पहाड़ों के पथरीले रास्ते पर सवार
फूलों से भरी घाटी से
खुशबू कैद कर लाया हूँ
अपनों के लिए

मदमस्त हवाओं पर सवार
बादलों के संसार से
बारिस की बूँदें लाया हूँ
अपनों के लिए

समय के पहियों पर सवार
बीतता हुआ वर्तमान से
स्वर्णिम भविष्य चुरा लाया हूँ
अपनों के लिए

सद्मार्ग के रथ पर सवार
अध्यात्म के मार्ग से
मोक्ष लाया हूँ
अपनों के लिए

टूटी नाव पर सवार
भंवर के बीच से
जिन्दगी चुरा लाया हूँ
अपनों के लिए

कर्म के रथ पर सवार
जीवन के आपाधापी से
वक्त बचा लाया हूँ
अपनों के लिए

पदत्राण पर सवार
भ्रष्टाचारियों के बीच से
ईमानदारी उठा लाया हूँ
अपनों के लिए

किताब के पन्नों पर सवार
विद्या के मंदिर से
ज्ञान बटोर लाया हूँ
अपनों के लिए

रिश्तों के रथ पर सवार
सगे–सम्बन्धियों से
एक मुट्ठी मुसकान लाया हूँ
अपनों के लिए

मन की गहराई पर सवार
सपनों के संसार से
सच्चाई चुरा लाया हूँ
अपनों के लिए

❋❋❋

23

मन की व्यथा

सितारों की मद्धिम रोशनी में
कैसे खोजें माथे की लकीरों को
काल की जंजीरों से बँधा हूँ
पढ़ाऊँ लकीरों को पीर–फकीरों से

कठिनाइयों ने माथे की लकीरों को
मिलाकर सपाट किया है
काम ने हाथ की लकीरों को
एक दूसरे से उलझा दिया है

दिन के चमकदार उजाले में
किस्मत के पतली लकीरों को
खोजने का अथक प्रयास
या स्वर्णिम भविष्य का कयास

उगते सूरज से ले प्रेरणा
भविष्य का ताना–बाना बुनना
गोधूलि में काम से लौटते समय
सिर्फ एक ही सपना चुनना

पत्नी के मन में छिपी उम्मीद
पुत्र-पुत्री की उभरती आकांक्षा
माता की लम्बी जीने की आशा
किसे पता है मेरी निराशा

बूँद–बूँद से भरता तालाब
बारिस में लाता है सैलाब
नदी नहीं सागर को भरना है
परिवार की उम्मीद में खड़ा उतरना है

जीवन भर एक–एक पाई जोड़ा है
निराशा ने उम्मीद को तोड़ा है
बेटी की शादी का सपने बुनना
या बेटे के दाखिला को चुनना

हे ईश्वर मेरी मदद करो
मुझ पर कुछ तो तरस करो
सिर्फ एक बार धरती पर उतर आओ
मेरे सपनों को हकीकत बनाओ

बादलों के बीच से झाँकता
उम्मीद की पतली किरण
क्या पता कपूर की तरह उड़े
डर और क्षोभ का हिरण

❋❋❋

24

दावत

बरसों बाद मित्र से मिलने का विचार जागा
अधिक दिन होगा तो टूटेगा दोस्ती का धागा
मैंने सोचा आज उसके घर जाऊँगा
दोपहर का खाना उसके साथ खाऊँगा

खूँटे पर से मैंने कुरता उठाया
गर्दन में उसे ठीक से फंसाया
पत्नी से पूछा कहाँ है मेरा पदत्राण
तंग करोगे तो चली जायेगी मेरी जान

इस तरह बन–ठन कर कहाँ जा रहे हो?
क्या मेरे लिए सौतन ला रहे हो?
मैं चुपचाप घर से निकल पड़ा
धूप उस समय था काफी कड़ा

माथे पर थी पसीने की चमक
शरीर में था गर्मी की लहक
रास्ते को काली बिल्ली ने काट दिया
मेरे विश्वास को तुरंत डगमगाया

गली का कुत्ता मुझे आलस से देखा
मैंने उसकी ओर एक पत्थर फेंका
नुक्कड़ पर था हलवाई की दुकान
उसमें दिख रहा था मिठाईयों की मुसकान

मिठाईयाँ देखकर मन ललचाया
महीनों से गुलाब जामुन नहीं खाया
मेरे मुख से लार टपक रहा था
हलवाई बर्फी पर ईलायची बुरक रहा था

रास्ते में रामलाल पंसारी ने रोका
उधार चुकाओ, अब नहीं दो धोखा
मैंने उसकी नजर से नजर मिलाया
अगले महीने चुकाने का अश्वासन दिलाया

रास्ता कीचड़ से पूरी तरह भरा था
उसमें एक मेढक आराम से पड़ा था
देखकर मेरे माथे पर पड़ा बल
लकड़ी से उसे कुरेदा अब तो चल

उसने मारी एक छलांग और भागा
सफेद कुरता पर उसने कीचड़ दागा
पत्नी अब कुरता के बदले मुझे धोयेगी
कुरता धोते–धोते कितना रोयेगी

सोचकर मैं मन ही मन डरा था
देखा तो नल के पास ही खड़ा था
पानी नल से टपक रहा था
पास ही एक कुत्ता मटक रहा था

अपनी बारी आने तक खड़ा रहा
आँखें नल पर एकटक गड़ा रहा
कुरता साफकर मैं आगे बढ़ा
रास्ते में था एक गहरा गड्ढा

सामने दिखा शर्बत का ठेला
जेब में नहीं था एक भी धेला
प्यास ने मुझे सचमुच घेरा
सूखे होठों पर जबान फेरा

मित्र के दरवाजे पर अपने को पाया
बटन दबाते ही घंटी ने गाना गाया
मेरा मित्र तुरंत बाहर आया
मुझे उत्साह से गले लगाया

खींच ले गया घर के अंदर
वहाँ बैठे थे उसके तीनों बंदर
जमीन पर लोट–पोट हो रहे थे
खाने की बाट जोह रहे थे

मित्र की पत्नी ने खाना लगाया
तीनों बच्चों ने छककर खाया
ऐसा लगा थाली में कुछ नहीं खाना आया
हमारे हिस्से में सिर्फ एक दाना आया

बच्चे भुक्खड़ के बाप थे
वहाँ कुछ भी खाना पाप था
मित्र थोड़ी देर ठहर भी जाओ
कुछ पानी–वानी पी शहर जाओ

वहाँ से भूखा ही निकल पड़ा
भूमि पर नहीं हो पा रहा खड़ा
गर्मी से दिमाग फिर गया
मैं जमीन पर गिर गया

किसी तरह घर वापस आया
पत्नी ने पूछा क्या खाया?
कुछ मत पूछो चिकन बिरयानी था
खाने के लिए बचा सिर्फ पानी था

यहाँ भी कहाँ कुछ बचा है
जो कुछ भी है कच्चा है
कहो तो कुछ खाना बना दूँ
चटपट तुम्हें रोटी खिला दूँ

आज सिर्फ व्रत धारण करो
पानी से ही पारण करो
वजन दो–चार किलो कम होगा
खर्च हो, इसका भी नहीं गम होगा

पत्नी की बातें सुनकर मन हुआ उदास
किसे बताऊँ अपनी मन की बात
उस दिन मैं भूखा ही सो गया
हलवा–पूरी खाने के सपनों में खो गया

***

25

पानी

प्यासी है यह प्यारी धरती
नहीं बनाओ तुम इसे परती
लूटा है पानी इस कदर
लोग फिर रहे हैं दर–बदर

भूमि हो गया है उसर
मिट्टी हो चुका है धूसर
हरियाली सदा के लिए मिटेगी
धरती सारी रेत से ढकेगी

सींचो धरती को खून–पसीना
नहीं मिल पायेगा अन्नरूपी नगीना
भूमि को पानी से सींचते हो
तभी तुम धान गेहूँ बीजते हो

अगर पानी ही नहीं रहा
सच होगा किसी का कहा
धन–दौलत होगा बेमानी
पीने को नहीं मिलेगा पानी

खारा जल का समुद्र विशाल
मीठा पानी का नहीं होगा ताल
सभी नदी–नाले होंगे दूषित
उसका पानी पीना होगा निषिद्ध

अब भी वक्त है सुधर जाओ
दूषित कर पानी को ना जहर बनाओ
पानी ईश्वर का है अनुपम उपहार
बोतल में बंद कर मत करो व्यापार

फैला होगा रेत का रेगिस्तान
चारों ओर दिखेंगे सिर्फ कब्रिस्तान
दुनियाँ इस बात से है अनजान
पानी के लिए युद्ध होगा घमासान

समझो मीठे पानी का मोल
यह है हीरे से भी अनमोल
मिल बाँटकर खर्च करने की आस
मानव जाति का ना हो जाए विनाश

❋ ❋ ❋

26

यह जीवन कैसा है?

माँ के लाड़—प्यार में
दोस्तों के पुकार में
धूलों के गुबार में
खेलों के संसार में

पढ़ाई के दबाव में
अध्यापक के सुझाव में
पिता के छाँव में
मेहनत के नाव में

मस्ती के बहार में
प्रेमिका के प्यार में
सपनों के संसार में
उमंगों के प्रसार में

बसंत के बयार में
सावन के फुहार में
जेठ के प्रहार में
पूस के हुँकार में

पत्नी के बनाव में
काम के लगाव में
ऋण के लौटाव में
अतिथि के ठहराव में

अपनों के अलगाव में
जिन्दगी के बिखराव में
काया के अभाव में
मृत्यु के प्रभाव में

❊❊❊

27

आँसू

मन क्यों हो रहा परेशान
आँखों में उमड़ते आँसुओं का तूफान
इन आँसुओं पर काबू पाना है
एक नया संसार बसाना है

कठिनाईयाँ कितना भी निकट हो
रास्ता कितना भी विकट हो
इन आँसुओं पर काबू पाना है
जीवन को सफल बनाना है

अच्छाई संजोकर औरों के लिए रखना
जिनके लिए जीवन हो एक सपना
इन आँसुओं पर काबू पाना है
जिन्दगी के लौ को बुझने से बचाना है

देश की रक्षा के लिए शपथ लेना है
आवश्यकता पड़े तो जीवन की आहूति देना है
इन आँसुओं पर काबू पाना है
स्वयं को देश की रक्षा में लगाना है

मित्रों का साथ छूटा हो
या दोस्ती ही झूठा हो
इन आँसुओं पर काबू पाना है
नवीन रास्ते पर कदम बढ़ाना है

दरकते कदमों का है आहट
नहीं सुनने का है साहस
इन आँसुओं पर काबू पाना है
अपने को और बुलंद बनाना है

टूटते तारों का बरसात है
मन होता है क्यों उदास है?
इन आँसुओं पर काबू पाना है
उँचाइयों पर पाँव जमाना है

महँगाई के बोझ से टूटते कंधे
काम–धंधा भी होते मंदे
इन आँसुओं पर काबू पाना है
जीवन को कठिनाइयों से बचाना है

***

28

विश्वासघात

जहर का घूँट पीना है
मुझको नहीं अधिक जीना है
नहीं रहा कोई नगीना है
अपनों ने ही सर्वस्व छीना है

जिस पर था अटूट विश्वास
विपत्ति में जो दे सकता था साथ
उसने ही मुझे छला था
दूसरों से क्या गिला था

उनका साथ होता तो
पर्वत भी लाँघ जाता
अपनों की क्या है बात?
गैर भी नहीं रोक पाता

बूँद-बूँद कर जो जमा कर पाया
अंतिम समय वही काम नहीं आया
उस पर था अपनों की नजर
कैसे हो पाता गुजर–बसर

विपत्ति में जब सहायता माँगा
उन लोगों ने तोड़ा सम्बन्ध का धागा
सहायता करना था दूर
उठा ले गए मेरे आँखों का नूर

उनका मैंने साथ छोड़ा
परायों से नाता जोड़ा
विपत्ति में जो काम आयेगा
वही सच्चा इंसान कहलायेगा

भूखा रहना मुझे मंजूर
अपनों से सदा रहना दूर
क्या होगा उनकी नई चाल में?
मुझे नहीं फँसना उनके जाल में

कैसे विश्वास करें अपनों पर
भारी पड़ेगा सपनों पर
अगर उँचाईयों पर चढ़ना है
स्वयं ही आगे बढ़ना है

❋❋❋

29

क्रांति का गीत

क्रांति का चादर नहीं ओढ़ सका हूँ
समाज की दिशा नहीं मोड़ सका हूँ
गरीबों का साथ नहीं जोड़ सका हूँ
महँगाई के जाल को नहीं तोड़ सका हूँ

मत समझना गरीबी झूठ कोरा है
इसके समक्ष हिमालय पर्वत थोड़ा है
अमीरों के घर हर समय रंगीनी छाया है
आँसू नहीं आँखों में खून उतर आया है

लगता है समाज का पतन हो रहा है
हर चौराहे पर मानवता का हनन हो रहा है
समय रहते अगर असामनता नहीं दूर होगा
मासूम गरीब, निश्चय ही क्रूर होगा

सूर्य से, दिशाऐं रक्त सा लाल है
अब सचमुच चाँदनी ही काल है
पवन प्रचंड रूप से चल रहा है
पेट की आग से गरीब जल रहा है

किसी न किसी को आगे चलना होगा
नई क्रांति की आग में जलना होगा
लोगों को इसके लिए साधना होगा
विश्वास के धागे से बाँधना होगा

गरीबों के खून में उबाल लाना होगा
इसके लिए क्रांति का गीत गाना होगा
कई जाने निश्चय ही कुर्बान होगा
तभी क्रांतिवीर का पहचान होगा

राह काफी कठिन एवं दुर्गम है
सभी अमीर एक सा निर्मम है
बराबरी का हक तुम्हें छीनना होगा
राह में पड़े अनगिनत काटों को बीनना होगा

क्रांति नाते–रिश्तेदारों को नहीं जानती है
लोगों का आँसू नहीं सिर्फ खून माँगती है
अगर तुम्हारे पास करोड़ों हाथ होगा
तभी इस कलियुग में सफलता तुम्हारे साथ होगा।

***

30

सितारों से आगे

चलो बादलों पर हो सवार
सितारों के भी उस पार
वहाँ बसायेंगे एक नया संसार
जहाँ खुशियाँ होगी अपार

जात–पात का नहीं होगा बंधन
माता–पिता नहीं करेंगे क्रदंन
धर्म के ठेकेदार नहीं डालेंगे रंग में भंग
कानून के रखवाले नहीं करेंगे तंग

रास्ते पर बिछी होगी चाँदनी
जुगनूँओं की होगी छावनी
फूलों के महक से सुगंधित होगा चमन
बहता होगा वहाँ शीतल पवन

सपनों का होगा वहाँ घर
लूटने का भी नहीं होगा डर
चाँदनी से बना होगा छत
ओस से लिखते होंगे खत

बादलों का होगा ऊँचा पहाड़
धवल होगा मानो सारा संसार
ढलानों पर होगी फूलों की घाटी
सुनहरी होगी वहाँ की माटी

खेतों में बोते होंगे मोती
ईमानदारी की होती होगी खेती
अमृत से सींचते होंगे खेत
बिखरे होंगे वहाँ सुनहरे रेत

नदी में पानी होगा अमृत समान
सत्य का होगा निवास स्थान
नहीं होता होगा किसी का अपमान
सदाचारियों का होता होगा सम्मान

अगर वहाँ छेड़ते हैं तारे
अकेला पा घेरते हैं सारे
पहरे पर रहता है चाँद
पल में तारों को लेगा बाँध

वहाँ का कानून काफी है सख्त
किसी का सफेद नहीं है रक्त
न्यायप्रिय के लिए है तख्त
फैसले में नहीं लगता है वक्त

ऐसे स्थान पर रहने दो
अधिक दुख नहीं सहने दो
धरा के नर्क को करो बरबाद
अपने स्वर्ग से करो आबाद

***